KB008247

문제희
시집

어느 예언자의 고독

문제희
시집

도서
출판 북인

2024

세상 만물이 어느 날 시詩로 느껴지더군요. 향기로운 꽃, 영특해 보이는 고양이 새들 강아지들, 바람 따라 춤추는 나무들 구름들, 아름다운 사람들, 모두 한 편의 시詩로 다가왔습니다. 그래요, 나는 하루하루 삶을 시로 씁니다. 기쁘면 기쁜 대로 슬프면 슬픈 대로, 마치 일기처럼 씁니다. 생활이 시고 노래이니 굳이 시인詩人이란 호칭도 어색합니다. 식구食口들의 삶이 더욱 번창하기를 기도합니다. 더 나아가 이 세상 모든 사람들의 삶도 더욱 번창하기를 기원합니다!!!

2024년 3월
문제희

차례

1부

사랑스런 유한마담들

의식하다

새벽 네 시에 눈 뜨는 것은
돌이 되어 딱딱해지려는 뇌의 반란
부드러운 푸딩으로 흔들흔들 가공되는 의식이여
그, 의식을 의식하다

산다는 것은 깨어남을 의식하는 것
깨어남은 산다는 것을 의식하는 것
죽음은 무의식을 실체화하는 것
무의식은 죽음조차 의식하지 못하는 것

새벽 네 시에 활성화된 의식은
무심히 가는 세월이 아쉬워
의식의 흐름이 고조되는 현상
새벽 네 시부터 살아나는
나는 의식의 흐름이 아주 조화롭다

너는 괜찮아

먼 생애 숱한
돌 바람을 맞고
지금 서 있는 너는 괜찮아
지금 네 모습 뒤에
숨 죽여 있는 그림자는
내가 지켜줄게
그러하니 지난 시절 돌무덤을 캐지 마라
네가 할 수 있는 것은
슬픈 매미의 울음소리가 아니라
영원을 향해 노래하는
매미 소리로 세상을 흔들어라
너는 괜찮아
내년에도 다시 태어날 매미야
네가 아니어도
너를 닮은 매미들이
영원불변하리니 너는 괜찮아

몽상가의 관념觀念

몰랑몰랑한 햇귤의 껍질을 벗긴다
하얀 속살에 포말이 묻었다
어느 바닷가에서 밀려왔을까
창 밖엔 몽글몽글한 첫눈이 내리고
말캉한 귤을 삼키다가
스르륵 눈이 감긴다

꿈길은 온통 하얀 나비 천지다
사람이 나비로 변신했을까
나비가 사람으로 환생했을까
아니면 나비와 사람이 한 몸인 걸까
꿈길엔 온통 흰 백의 춤사위뿐

한정판 그림을 사진처럼 그린다
눈 코 입, 사람 얼굴을 그린다
신새벽부터 어둠이 내린 시간까지
하얀 캔버스 속에는 달랑 눈 두 개다
눈을 비비고 다시 봐도 캔버스 속에서 내가
멀뚱멀뚱 두 눈을 뜨고 바라보고 있다
아, 나의 그림은 스릴러다

내 마음은 종이꽃보다 얇아

내 마음은 종이꽃보다 얇아
사랑하는 나비의 달콤한 스침에도 베어지는 슬픔
가느다란 빗줄기에도 휩쓸려 바위에 부딪히곤 하지
떠돌아다니는 혀들의 전쟁엔 어떻게 살아남았을까

내 마음은 종이꽃보다 얇아
부드러운 음악의 여운에도 넘어지곤 하지
파란 하늘가 구름 양들의 손짓
빗줄기가 내리치면 연약하고 허황된 두근거림

내 마음은 종이꽃보다 강한 꿈을 꾸곤 하지
내 마음은 종이꽃보다 강한 발버둥을 치곤 하지
내 마음은 종이꽃보다 강한 사진을 찍어놓곤 하지
내 마음은 종이꽃보다 강한 잠의 숨결로 인도하지

부끄러움은 부끄러울 뿐

입 속에 말하는 악기 하나가 들어왔다
어느 날부터 목구멍을 비집고 터지는 말들은
미친 불개미가 되어 웅얼웅얼 울부짖다 웃기도 했다
부끄러움은 지나가는 소슬바람이었나
돌이켜보면 한 순간 도로에 그려놓은 빗살무늬 표시선 같은
그렇게 나열된 부끄러움들
아니, 어쩌자고, 입 속에 미친 개미들이 들어왔을까
육신을 헤집기 위해 상처와 흔적을 남기고
도망치는 도둑개미들
그 잔혹하고 야비함을 깨달았을 땐 늦었다
머리카락부터 발바닥 무좀까지 좀먹는 미친 식성
변신술에 능한 미친 개미귀신들은
뱃속에 숨어 있는 아름다운 악기 흉내를 냈다
짐짓 이 세상 최고의 음률이듯
그렇게 못난 육신과 정신을 속이고 집어삼켰다
오늘 입 속에 말하는 악기 하나가 나갔다
나보다 더 나를 사랑하는 고요한 천사가
꿈속에서도 울부짖는 가련한 영혼을 본 듯하다
고요해지는 주사기를 들고 와
나도 모르는 나의 부끄러움들을 찔렀다
아악, 소리도 내지 못한 채 사라지는 부끄럼들아!

배추밭 파수꾼

초록의 섬광이 햇살 받아 빛나는 배추밭
초록의 두리둥실 배추포기 사이로
납작 엎드린 청개구리 한 마리
바람이 불고 서리가 내리자 움찔움찔
연약한 살갗이 타는 고통과 호흡곤란
자신을 배려하자고 다짐하는 청개구리
흙내음이 두근거리는 심장에 특효라고
어제 저녁 땅 속으로 들어가기 전 지렁이가 전한 말
땅을 파고 들어가야 하는 시간이 다가오고
친구들은 이미 결속을 맺어 하나 둘 땅 속 행
혼자 남은 청개구리 개굴개굴 누구 없소!
목이 터져라 소리치지만 아무도 없네
끼룩끼룩 어디론가 떠나는 철새가 똥을 날리고
혼자 남아 무지개가 뜨는 것을 감탄하고
혼자 남아 지렁이가 뱀으로 환생하는 것을 경배하고
혼자 남아 혼자 남아 눈망울을 치켜뜨고
코를 벌렁거리며 배추밭을 지켜보네
멀리서 새벽 기차 소리 요란하게 울리면
깜짝 놀란 들고양이 한 마리 손을 내밀고
청개구리, 들고양이 등 위로 덥석 오르네

비수가 꽂히다

달콤한 흑당 버블티를 마신다
펄 하나가 카페 천장으로 날아가 낮별로 뜨고
벌컥벌컥 마시는 시원한 음료수가
작은 폭포수를 열어놓는 오후
오후의 몽롱한 행복도 잠시
사람들 사이에 말장난이 비수가 되어
날아다니는 버블티의 펄 하나를 찌른다
그 펄은 목구멍에 가시가 되어 걸리고
우리 곁에 머무는 모든 것들은 어쩌자고
한번씩 서로에게 비수가 되어 꽂히는가
숨을 쉰다고 사는 게 아닌 이 삶
아무도 모르는 이 짧은 서러운 삶 앞에서
비수를 품어도 되는 것인가
눈을 감고 뜨는 찰나에 산화될지 모르는
아찔한 한 줌 먼지들이여

아직도 당신은 우매하군요

더 이상 잃을 게 없다고 말하는 입
더 이상 볼 게 없다고 쳐다보는 눈
더 이상 걸을 수 없다고 뛰어가는 발목
더 이상 축복할 수 없다고 기도하는 십자가
더 이상 웃을 수 없다는 염화미소 부처님
더 이상 환상은 없다는 주문을 외우며
하얀 긴 날개를 펄럭이는 알바트로스 새

햇살 내리쬐는 낮은 숲 속
빛의 천사가 노래했다 천사들의 합창소리
하얀 공책에 줄을 그을게 무어냐
생각을 읊어대는 연필을 하염없이 기다리는
무지의 공책이 뭔 잘못이냐고
그저 한숨 그저 넋두리 그저 그저 그렇다고
누구도 이해 못하는 외계인의 시선은
항상 버블버블한 미스터리다
두 눈을 타고 주르륵 빗줄이 흐른다
그 줄을 잡아줄 이 누구신가
당신이신가
아직도 당신

그 줄을 잡아주지 못한 건가요
아직도 당신은 우매하군요!

사랑스런 유한마담들

찔레꽃 길이 펼쳐진 어느 도시에
주인장 닮은 아담하고 귀여운 주택
담장에 주렁주렁 빨간 장미가 우거지고
현관 입구엔 상추 오이 쑥갓 가지가 뽐내고 있는
그 집에 유한마담들의 수다가 활짝 핀 날
장독대 옆 소나무에 무명의 새들까지 합창을 했지요

다정도 하여라
누군가 풀어놓은 이야기 보따리
길 가던 고양이 한 마리 능청스럽게 끼여들어요
아, 우리들의 유한마담들이여, 야옹야아아아옹!

만담의 끝엔 늘 활활 타오르는 불꽃축제
'불멍'이란 단어가 생긴 이래
멍하니 시름을 태우고 고독을 태우고
작은 몸통 어딘가에 쐐기를 틀고 있는
기다란 상념의 집착을 풀어놓아요
우리들은 그렇게 여물어가요
늙음보다 기분 좋은 알찬 완두콩처럼요

아, 우리들의 유한마담들
다시 만날 때에 활짝 웃어요
하늘 땅보다 빛나게 바다보다 넓게
그 너른 세상은 잠시 접어놓고 웃어보아요

점박이 들고양이

무위도식하는 저 고양이, 하얀 점박이 들고양이
얕은 언덕배기 산, 누군가 지어준 작은 집
얼굴을 삐죽 내밀고 행인들을 염탐하는
혹은 연민하는 간혹 애모하는
저 들고양이를 만날 때면 설레인다
천하를 얻은 듯 만족스럽다
나는 저 고양이 하얀 점박이 들고양이
부끄러움도 모르고 오직 당당하여 오직 당당한
저 들고양이를 닮고 싶다
내가 죽어 다시 태어난다면 나는 이미
들판에 마구잡이로 피어난 들꽃 향기에 취해
비몽사몽 헤매고 있는 들고양이가 되어 있으리니

감히 귀한 누군가를

옳은 말씀들은
길가에 굴러다니는 돌멩이 같고
타당치 않은 언변들은
도도하게 뽐내는 수석 같을 수도 있나니
누구의 질타도
그 누구의 칭찬도
내 눈으로 내 귀로 내 입으로
함부로 판단하면 안 되나니
그가 그녀가
내가 네가
말 칼로 단절한 사람들의 눈물과 한숨이
뭉치고 뭉쳐 바위가 된다
누군가를 평가하려면
내 자신부터 차분하게 평가해보자
과연 내가
당신은
그대들은
누구를
함부로 입에 올리고 재단할 자격이 있는가?

대파 꽃 향기

대파가 익어 꽃이 핀 저녁
어느 집 담벼락 풍경이다
누군가의 집은 어둠에 잠들어가지만
대파 꽃은 소리 없이 핀다
산다는 것은
소리 없이 성장하는 것이다

대숲에 부는 바람

까치 선생들이 대나무 숲에 모여
까아악까아악 모임 중이시다
아름다운 숲에 살아남기 위해
어떻게 밤마다 숲을 지키나,
밤별 밤달 밤마실 나올 시간이다
까아악까아악 목젖이 댓잎에 잠긴다
그대들 목구멍의 포도청은 안녕하신가
까치 선생들에게 가만히
동천강 잉어 한 마리 선물하지만
밤하늘에서 떨어지는 별빛만 삼킨다
아침이면 대숲은 말끔한 얼굴로 사르륵 사르륵
댓잎들이 바람을 만나 노래를 시작한다
저 멀리서 까치 선생들이 햇살을 맞이하고
밤새 대숲을 지킨 전사들의 당당한 기상으로
두 날개를 접었다 폈다 대숲을 관조한다

시기상조

입술에 달린 지퍼를 연다
입 속에 숨어 있던 낱말들이 두서없이 우장장창
방 안 가득 쏟아진 낱말들은 제 짝을 찾기에 바쁘다

눈에 달린 지퍼를 연다
백색소음들이 뻗어나가고
원색의 싱그러운 색감들이 수다를 떤다

고요하게 잠자던 마음의 지퍼를 연다
꾹꾹 누르기만 했던 감정들이 우르르 난리법석이다
다독인다고 차곡차곡 쌓아두었던 희로애락은
봇물처럼 터져나와 장사진을 이룬다

시기상조를 모르고 지퍼를 열어버린 어리석음을
탓할 수만은 없기에
눈물을 머금고 눈과 귀와 마음에
굵은 실로 바느질을 하고 만다

어찌하여 나는

어찌하여 나는
어찌하여 나는
어찌하여 나는
착할 선을 쓰다 말고 독할 독을 쓰는가

어찌하여 나는
어찌하여 나는
어찌하여 나는
너의 순백함을 그리다 말고 너의 어둠을 염려할까

어찌하여 나는
어찌하여 나는
어찌하여 나는
우리라는 꽃다발을 버리고 맨발로 뛰어다녔을까

2부

똥파리 철칙

어느 예언자의 고독

모두 알맹이를 꿈꾸는 철없는 껍데기시대
나는 굳이 껍데기로 남을까 하오이다
나 하나쯤 알맹이를 감싸주는 껍데기가 된다고
손해난다는 생각은 하지 않소이다
서로를 손가락질하는 슬픈 시대
나는 굳이 실눈을 뜨고라도 눈동자를 지키는
볼 수 없는 눈꺼풀이 되겠소이다
예언자들이 무더기로 꽃 피는 이 시대상
나는 억만 개의 글자로 춤을 추는 시가 되겠소이다

마침내, 돌꽃

인내의 돌꽃이 피고
어둠은 꽃 밑에 묻힌다

돌꽃은 숨죽이고
바람을 흔들지 못하리라

그대가 돌꽃으로 피어나도
그대 곁을 스치는 찰나의 빛

마침내 내 코와 입과 가슴에
무거운 돌꽃이 피어난다

그대들아, 마침내 그렇다
통곡 같은 울음을 멈추고 말이다

누구에게나 울고 싶은 날은 있다

쩍쩍쩍,
늙은 소파에서
한여름 뙤약볕
물꼬 보지 못한 논바닥
갈라지는 소리가 난다
십수 년을 살면서 얻은
훈장을 달고 소파는 울고 있다
어딘지 모를 바보스러워 보이는
나 닮은 소파를 바라본다
맴맴맴 매애애앰 맴맴맴 매애애앰
문 밖 단풍나무 매미의 한서린 노래
그 청아한 소리에 맞춰
쩍쩍쩍 소파가 갈라진 울음을 쏟고
나도 어느새 엉엉엉 울고 있다

누구 없단 말인가

뱀의 혓바닥에서 시작된 어둠은
마침내, 쉼표를 찍는다

거친 풍랑에 바다의 윤슬은 숨죽이고
어부는 고래 등에 꽃밭을 만든다

그대들이 품은 갈매기들의 보금자리
하늘에선 마침내 꿀이 쏟아진다

3/1, 3은 1을 숭배하고
1은 3을 겸허히 받들리라

지나가는 새똥은 연둣빛 햇살로
노랗게 펼쳐진 우산을 꿈꾸리라

누구였던가
하늘에서 뱀의 혓바닥을 걷어올리고

누구였단 말인가
마침내 그래 마침내 쉼표를 찍는다

누구 없단 말인가
오로라 꿈을 한 땀 한 땀 기워낼 초인아

열기, 오롯이 열기

어린 시절 동네 한 귀퉁이 어른들 만남의 광장
잎담배 말리느라 장작불의 뜨거운 열기가 가득했던
마을 공동 잎담배 말리던 회관의 풍경
그 겨울의 열기만큼 뜨겁고 뜨거운
한여름의 열기에 숨쉬기가 벅차다
아이스께끼 하나를 아이처럼 수시로 입에 문다
입추가 지나도 식을 줄 모르는 지독한 열기
땀띠처럼 볼록볼록 솟아오르는
독한 모기의 흔적도 사라진 후 오래다
밤마다 귓가에서 윙윙윙 휘파람 소리도
들리지 않는 열기 고요한 밤
밤하늘에 날아다니던 처녀총각 귀신들도
무서운 열기로 사라진 후 오래다
열기, 오로지 열기
열기, 오롯이 열기
열기, 모기보다 극성맞은 열기

가을 낮잠

천만 년 묵은 이무기는
늦가을 볕 좋은 날
용틀임하려고 그윽한 바위에 자리잡는다
소슬바람이 난데없이 스쳐가면
화들짝 놀란 왕 대추 닮은 상수리나무에서
낙엽이 우수수 우수수 억센 바람 소리를 내며 떨어진다
이무기 그 긴 몸통으로 한 잎 두 잎 낙엽을 담는다
먼 훗날 누군가 꿈을 펼치지 못한
연못 도랑물 진흙탕 속 지렁이나 미꾸라지에게
이불로 덮어주리라
천만 년 묵는다는 게 쉬운 일은 아님을 알기에
이무기의 눈물은 새하얀 알이 되고
이무기가 담은 낙엽은 꿈을 이루는 마법이 되리라

바쁜 사람들

무언가 자기 일을 꾸준히 하는 사람들은
언제나 무척이나 바쁜가봐요
내 일은 언어를 쓸고 닦는 일, 누구도 알아주지 않지만
손가락 마디마다 관절통이 생길 만큼 움직였지만
내 생애 반세기가 넘어가요 다른 일들은 내 성격에
이쯤에서 때려친다고 난리법석을 쳤을 텐데요
여전히 밤을 지새우기도 하고요 멀뚱멀뚱 시상에 빠져
녹두콩 작은 돌 고르듯 실감나게 앉아 있고는 해요
일찍이 늙어가는 집과 늙어가는 몸과 녹스는 영혼을
쓸고 닦았다면 나의 인생길은 좀 더 밝아졌을까요
용납과 비용납을 굳이 안 가리고
사람들의 시선 속에 갇힌 애꿎은
자이를 버리려고 용쓰는 일탈들
십만 원짜리 파마를 하는
미용실에서 실감하며 웃어요
"쫌, 거 좀, 낑겨주고 삽시다 쪼오오옴!"

천둥벌거숭이에게

내 친구 천둥벌거숭이에게 편지를 쓴다
내 친구 천둥벌거숭이야
12월, 한해가 저무는 판국에
모두가 외롭고 고독해서 두꺼운 담요 덮고 우는 판국에
느닷없이 심술맞은 네 친구 겨울비는 왜 끌고 와
한차례 우당탕탕 겁박을 주고 도망가나 그래 이눔아,
그런다고 사람들이 겁먹고 혼절할 줄 알았나
이판사판 공사판된 지 오래다 임마야
코로나 역병이 사람들 겁박해서 줄초상났었고
산불 나서 영혼까지 까맣게 숯덩어리된 지 오래고
노아의 방주 예비가 실현인지 미친 사람 많았다
그 지경을 겪고 났는데
이 철딱서니 없는 내 친구 천둥벌거숭이야
어디서 한바탕 우당탕탕 난리블루스를 치고 가는 거냐
네 이눔아, 두 번 다시 그러지 마라
겨우 잠든 들꽃들과 고양이, 아기들, 치아 빠진 노인들
외로움에 진저리치는 아줌마들, 놀라자빠지겠구나
너도 이젠 좀 착해져야 하지 않겠느냐 이눔아
파란 하늘과 손잡고 해와 달과 별과 의논해서
지구의 연약하고 귀여운 사람들 좀 편안하고 행복하게
살게 좀, 조금만 하나님께 빽 좀 써다오, 알았냐!

똥파리 철칙

똥파리에게도 철칙이 있다는 것을 아는 이 있는가
누군가 똥파리라고 작명을 한 순간
아니 똥파리라고 누군가에 의해 작명된 순간
파리는 결심했을 수 있다
그래, 똥파리로서 똥파리군단을 만들어
똥파리니까 거대한 똥무덤을 만들러 다녀볼까

똥비둘기 똥까치 똥토끼 똥뱀 똥여우, 햇똥 묵은똥
이 세상에 존재하는 똥이 얼마나 많은 줄 아는가
너도 똥이고 나도 똥이다
똥의 원조가 상대방이라고
손가락질하는 그 손가락들에게
날마다 참회하라고 염원 기도하리라

똥파리의 눈물을 본 적이 있는가
똥을 먹고 똥을 싸고 똥눈물을 흘리는 똥파리들
똥파리는 꼭 똥을 먹고 싶었겠는가
똥파리도 명품 샐러드를 먹고 싶었다는 것을
똥파리만도 못한 것들은 알고 있는가
나는 똥파리를 위해 똥파리라고 작명받은 파리를 위해

기도하느라 손발이 오그라들었다

자발적 똥파리는 있는가

소극적 똥파리는 있는가

누가 왜 멀쩡한 인간들에게 똥파리라는 가면을 씌었는가

누가 왜 멀쩡한 인간들에게 벌레들을 꼬이게 했는가

모두다, 모두의 허구다, 모두의 빌어먹을 돗가비장난

똥파리에게 꽃 향기와 달콤한 앵두를 주어라

한번쯤 고개를 숙일 줄 아는 인간이라면 말이다

우리는 한번쯤 누군가에게 똥파리였던 것을 잊었느냐

누군가의 기도는 하늘로 날아간다

하이얀 면사포를 쓰고 빨간 립스틱을 바른
선인장 신부가 수줍게 미용실 한 켠에 앉아 있어요
안녕하세요, 오고가는 사람들에게 인사하느라
옆에서 애교 떠는 강아지 볼 새도 없어요
게발선인장 신부는 이름이 안 예뻐요
몸매도 얼굴도 더할 나위 없이 예쁜데
어쩌자고 하고많은 이름 중에 게발선인장일까요
샤샤, 라고 불리는 강아지는 자기가 명품이라고 웃어요
그런들 이런들 저런들, 뽀얗고 청순하고 아름다운 꽃
온 동네 소문난 그 얼굴 꽃 보러
이 사람 저 사람 득시글득시글
아직 장가 못 간 총각들 밤새워 하늘 보고 그림 그려요
게발선인장 닮아 겉과 속이 곱디고운 아가씨 한 명
점지해주시라고 밤새워 손과 발이 닳아 없어지도록

돈 이야기는 서글프다

돈,이란 무엇일까

먹는 걸까 입는 걸까 주는 걸까 받는 걸까

태고적부터 돈을 그리워한 아이들은 있을까

그 아이들이 자라서 어른이 되어도 그 돈이라는

어처구니없이 단순하게 생긴 종이조각 때문에

험난한 인생길에 더 험난한 고뇌를 겪어야 하는가

찍어찍어찍어, 은행들이여 돈을 찍으시오

찍어찍어찍어, 은행들이여 돈을 뿌리시오

찍어찍어찍어, 은행들이여 착한 영혼들에게 돈을 주시오

오늘도 뉴스는 돈돈돈,

내일도 뉴스는 돈돈돈,

모레도 뉴스는 돈돈돈일까?

쿨쿨 잠만 자고 있는 마술램프 속 지니를 깨울 시간인가

지니야 지니야, 돈 찍어 나누어줄 시간이 왔다

한 가마니씩 오만 원권 새 지폐로 가득 담아 돌리거라

잠자던 지니는 물벼락을 맞고 슬금슬금 일어난다

와우, 돈이다 돈이다 돈이다

이상하게도 돈 이야기는 서글픈 경우가 허다하다

용기勇氣에게

몇 송이 안 남은 은행나무 노란 단풍잎이
미련을 두고 흔들리는 거리에서
한순간 스친 생각들이 주제넘게도
세상이 사람들이 하늘이 별이 달이 꽃이
서글퍼진다는 사실이다
오래된 초밥집에서
주인장 닮아 싱싱한 웃음을 주는 초밥을 먹고
펄 듬뿍 든 흑당 버블티를 마시고
시장거리를 걷고 볼 일을 보고
걷다가 사람들을 바라보고 단골 옷가게 들어가서
유명 카피 뜬 옷도 맵시 나게 입어보고
금방 삶아낸 뜨끈뜨끈한 족발도 사온다
그러다가 문득 너를 기억한다
미안하구나 너야
도랑물 속 미꾸라지들 틈바구니였던 우리들 속의
너를, 나를 의심하고 또 의심하고
그런데 너야
중요한 것은 세상은 흔들림 없이 미세하게 흔들려도
돌아간다는 거란다
인스턴트 커피처럼 또 만들어 마시면 그뿐

거기에 지나친 감정을 소비한다는 것은 아픔일 뿐
이성과 합리성과 정당성이 내포돼 있다면 되는 거였어
괜찮은 너야, 그러하니 이제 그만 아파하렴
오래도록 호수에서 발버둥친 백조 같은 너야
나는 언제까지나 너를 응원해줄게
이 세상 어디선가 흔들림없이 응원하는 누군가
든든한 '빽'으로 있다는 사실만으로 행복하지 않겠니?

나사

나사가 빠졌다
알 수 없는 나사가
볼 수 없는 뻰치 공구에 의해
빠진 느낌만 있었다고나 할까
그런 나사 빠진 날들이 흘러가고
갯벌에 빠진 듯 허우적대는 어느 날
새가 물어왔는지 나사가 문 앞에 놓여 있다
나사는 자발적으로
원형의 본질 속으로
원형의 틀을 찾아가는 법을 잊었나보다
나사를 처음 발견한 사람은
불에 덴 듯 화상을 입더라도
나사를 끼워놓아야 한다
원형의 복원이란 그렇게 힘들다
나사 하나도 맞추기가 힘든데
매사 원형의 나사가 빠지지 않도록
독수리의 눈을 정비해야 하리라

존재의 힘

동면에 들어간 줄 알았던 12월
나무들은 겨울바람에 닳아버린 깃털을 날리고
알몸으로 존재의 힘을 버티고 있다

그 남자의 재봉틀

도서관 벽면에 에티오피아 수선하는 남자의 사진이
걸려 있다 검은 피부에 검은 눈빛에 재봉틀을 밟고 있는
그 남자의 눈빛에 한동안 멈춰 있었다
문득, 아주 잠깐 동안
지나온 삶을 반추한다
걸어온 걸음마다 찢어지고 얼룩덜룩 실밥 터진 그곳을
에티오피아 남자의 재봉틀로 수선할 수 있을까
반짝반짝 수선할 수 있다면
내 삶은
타인들의 삶은
그대의 삶은
다시 온전히 살아날 수 있을까
어디선가 날아오는 저 새들처럼 말이다
저 날개를 달고 저 미지의 향기를 풍기며
저 황홀한 눈빛과 날개짓을 하면서
저 높은 참나무 제일 높은 꼭대기 하늘과 맞닿은 곳에
그곳에 둥지를 틀고 알콩달콩 다시 살아갈 수 있을까
희망을 꿈꾸는 그대들을 위하여
나는 에티오피아 그 남자의 재봉틀을 빌려오고 싶다

3부

부모님 전 상서

부모님 전 상서

부모님을 머나먼 천국행 꽃마차로
태워 보내드리고 나서야 철이 들었나봐요
저녁 노을이 지면 못 견디게 옛날이 떠올라요
고집이 세서 어쩌면 좋으냐, 물으시던 아버지
얼굴 예쁘게 태어나줘서 고맙지, 해맑게 웃으시던 어머니
이제야, 육십 살을 몇 년 앞두고
왜 이리 눈물나는지 모르겠어요 어머니 아버지
장마철 새우 잡아 고추장 넣고 애호박에 풋고추 넣은
그 음식이 생각나 노인처럼 음식점을 찾아봤어요
이 세상 제일 좋은 옷을 못 드린 것을
이 세상 제일 맛있는 음식을 못 드린 것을
이 세상 제일 아름다운 꽃 향기를 못 드린 것을
후회하고 또 후회해도 눈물만 대답합니다
그러고도 잘났다고 고개 들고 하늘 보고
그러고도 잘났다고 입 열어 수다떨고
그러고도 잘났다고 그러고도 잘났다고 그랬나봐요
자식 낳은 죄인이란 업보로 예쁘게 보아주실 건가요
부모님의 고운 마음 물려받아 내 자식들에게도
두 눈 꼭 감고 감싸주겠나이다
사랑하는 부모님 천국에서
부디 행복한 웃음만 가득하시기를 비옵나이다

그 말이 뭐 그리 어려운가요

생각이 신통치 않은 날도 있어요
시원하게 담근 동치미 국물을 냅다 한 사발
콜라처럼 들이켜도 뻥, 하고 터지지 않는
거, 참, 거시기하다, 샌님 같은 생각이라니 원!

생각에 변비가 쌓여 안절부절못할 때도 있겠죠
그럴 때는 책꽂이에 꽂힌 책을 아무거나 골라
아무 페이지나 열어 큰 소리로 노래불러봐요

살다보면 그냥저냥 약 올라서 생각조차 하기 싫죠
한 생각도 하기 싫을 때는 족집게랑 거울을 챙겨요
볕 좋은 거실 베란다나 led 등 밑으로 가서 새치를 뽑아요
그 시간이 얼마나 길게요, 새치 하나 뽑았던 시간들이, 아!

그래요, 그렇더라고요, 생각이란 놈 말이에요
백 년도 살까말까한 티끌만 한 삶에서요
머릿속에 생각이란 놈한테 붙잡혀서 살다보면 미치기도 해요
그러하니 사람이라면 서로에게 상처를 주지 말자고요

미안하다 내가 당신을 잘못 생각했다 용서해다오!

그 말이 뭐 그리 어려운가요
그 말이 뭐 죽고사는 문젠가요
그 말이 뭐 세상 끝장내는 말인가요
악수하듯이 가볍게 말하자고요

귀염둥이 눈사람

귀염둥이 눈사람을 만들어 놓고 묻는다
누구세요?
귀염둥이 눈사람이 빙그레 웃는다
그렇게 속보이게 웃지 말고 말해봐요
누구세요?
나는 외계인 나는 외계인 나는 외계인
눈사람 귀염둥이가 짐짓 허풍에 잠긴다
햇살이 방긋방긋 비친다
스르륵 녹아도 천 년 만 년 태어나는 나는 외계인

잠과 꿈은 한패다

꿈을 꾼다
잠이다
잠을 잔다
꿈이다
잠과 꿈은 한패다

옹이

제대로 크지 못한 곁가지 하나가
가슴 속, 끝이 보이지 않는 곳에 자리잡고
아프게 후비고 후벼파고 농담처럼 가볍게
일상의 변죽을 울리고 또 아프게 하는
그런 옹이를 짙은 녹색으로 색칠한다
새싹으로 초록초록 뻗어나가기를
옹이에게 위로를 건네는 추운 겨울 새벽
가슴 속, 세찬 바람이 숨을 죽이고
봄빛을 걸머지고 올 나의 옹이에게
진심을 다해 사랑의 세레나데를 불러준다

그 사나이에게 쓰는 연서

세상에 존재하는 만물이 얼어버린 동지섣달
귀마개를 꽂고 야전잠바를 걸친 그 사나이는 오늘도
아프리카 추장의 당당함으로 새벽 5시부터 달린다
슈베르트의 겨울나그네보다 더욱 애절한 그 사나이
고향을 등진 그 사나이는 울지 않는다
남들이 다 자는 이 새벽, 수탉도 울지 않는 이 얼음새벽에
그 사나이의 온몸에서 고드름이 솟구친다
바보 같은 그 사나이를 기다리다
애가 타서 오장육부가 고드름이 되어 하늘로 뻗친
그 사나이의 안해는 날밤을 지새웠다
돈이란 게 무엇인지
하늘도 무심하여라
그만큼 고생했으면 됐을 텐데
하나님도 그렇지, 그 사나이에게 무슨 억하심정이 있으신지
그 사나이의 안해는 새벽 댓바람에
육십년대의 아낙으로 회귀하려 서두른다
12월, 소 죽 끓일 일도 없는 2023년의 그 아낙네는
그저 멍하니 누워 바쁜 마음만 오갈 데가 없어라
"용아, 너의 의지대로 될지어니 용기를 잃지 말아라!"
그 사나이에게 편지 한 줄을 쓰는 안해의 머리에
하얀 눈꽃이 까치집을 짓는다

물귀신들은 어디 사는가

또다시 꿈을 꿨다
구운몽을 현몽現夢했는가
미꾸라지 붕어 잉어
민물 뻘에 납작 엎드린 우렁쉥이까지
거두어들이는 물귀신
밤새 물속에서 그 물속의 물속에서
허우적대느라 아침이 온 줄 몰랐다
물귀신들은 자신들이 물귀신인 줄 모른다
물귀신이 물귀신인 줄 알아야 부적을 쓸 텐데
애써 아는 척하는 어린 동자와
알면서 모르는 척하는 삼신할머니 사이
나는 아름답지만 애달픈
그윽하지만 서글픈 쓸쓸한 그 분
하얀 드레스의 여신女神을 꿈꾸리라

자가복제

내가 나를 복제한다
새벽 댓바람에 눈곱 달고
내가 나를 복제한다

식구食口야, 사랑해

잃어버린 입을 찾는 아침
겨울 새벽은 그렇다
어딘가로 떠나버린 식구들의 입
그 입이 예쁘든 못났든 간절하다
그 입에 들어갈 안위가 걱정된다
식구는 그런 법이거늘
누가 그런 입들에게 돌멩이를 던졌을까
나는 오늘도 새벽 댓바람에
나의 입을 잊어버린 식구들에게
또는 어디선가 나처럼 외로워하는 입들에게
천상천하유아독존의 힘을 빌려서라도
달콤하고 아름다운 쌀 한 톨과 소금 한 톨을
아무도 몰래 건네주련다

그리운 실타래

양쪽 볼에 **빵빵**하게 다이아몬드 실을 넣어
천 년 만 년을 소녀처럼 살고 싶은 아줌마가 되었다,요
왜 그런지는 묻지 말아라,요
가슴속까지 시베리아 찬바람이 불어오던 날
어쩔 수 없이 그랬다는 진실만 알아다오,요
진실,이란 말을 써놓고,요
느닷없이 그 글자에 다이아몬드 실 리프팅을 하고
영원이란 삶 앞에 무릎 꿇고 싶어졌다,요
쭈글쭈글 호박탱이가 된다고 그 누구도
애석해하거나 눈물 한 방울 흘려줄 이 없다,요
어차피 인생은 내가 잡은 터잡이만큼
그렇게 살다가는 게 순리라고 입 속에 말들을
검은 실타래로 길게 길게 끄집어낸다,요
나는 그런 허무한 실타래는 정말 싫다,요
나는 오색 빛 빛나는 프리즘으로
하루 종일 반짝반짝 빛나고 싶은 마음이다,요
그러하니 그런 줄 알고
고이고이 놀다가 햇빛 따사로운 어느 날
나비가 되어 나풀나풀 나에게 날아오라,요

참다움은 하늘이다

참다움은 사람의 마음에 있다
참다움은 상황 설정도 거짓도 연극도 아니다
참다움은 바다다
참다움은 세상에 있다
참다움은 두 손을 맞잡고 강강술래를 하는 것이다
참다움은 사람들과 맞잡은 두 손에 피어나는 것이다
참다움은 따뜻하게 내린 차에 가슴을 녹이는 일이다
참다움은 오롯이 사랑하는 분신들에게 숨어 있다
참다움은 끼리끼리 무한정 퍼붓는 사랑이다

얼굴에 대하여

세상은 예쁜 용기가 있나봐요
세상은 못생긴 용기가 있나봐요
나는 예쁜 용기를 품을 테야요
거울 속 해바라기가 되어
둥글고 노란 웃음을 짓는
참하고 고귀한 모습을 보고 말테야요
자기변명이라 손가락질 받는다고 울지 않을 테야요
꼬까신 신고 팔짝팔짝
저 푸른 하늘 위로 뛰어오르는
아이들의 마음을 갖고 말 테야요

그림에 대한 해석 오류

전기가 흐르는 그림을 그린다
심장에서 터지는 강한 압력이 실핏줄을 자극한다
보랏빛 꽃 그림은 언제나 그렇다
오류가 생긴다
보라색은 왕비王妃의 색
굳이 정통성을 논하지만 않는다면 달콤하다
그 색은 마녀魔女의 속옷 빛깔
굳이 심혈을 기울여 해석하지만 않는다면 말이다
인간이 논할 수 있는 감정에서 얼마만한
색감色感의 이탈이 있었는지 그 누가 한번
머리를 휘감는 회오리바람을 해석했는가
그렇다 오류다

색맹을 따지는 그런 마녀들은 없다
오직 시대의 오류가 있을 뿐
그 아니 고독할 수 있는가
우리들은 오류를 탈바꿈할 수 있는 신神이다
사람 신이라고 믿는 당돌한 사람 어디 있나
외로움은 겨울 한구석에 찌그러지고 있는
바람 빠진 풍선을 닮아가고 있는 저 눈사람

아, 시리다
아, 고독한 사람들
그들의 오류가 서글픔을 낳는다
너는 누구의 오류였는가
나는 누구의 오류였는가
휘파람 소리 귓가를 맴돈다
저 넋의 오류를 위로할 자 누구인가

시를 노래하고 춤추어라

돈의 힘은 그다지 믿지 않고 살았다
돈은 돈일 뿐
지갑에 있는 천 원의 힘이 돈이라고
도시락 대신에 옥수수빵 하나를
밥맛 없는 척 사먹던 학창시절에 알았다
줄줄이 사탕으로 태어난 강아지들
그 입에 들어갈 옥수수빵 하나
당신의 운명에 맞설 만한 위력을 가진 식사시간
배고픈 고독에 울부짖을 강아지들을 위해
새벽부터 잠을 설치고
누구에게 구원救援받을까 맘 졸이던 어르신들
아이들아, 섣불리 슬픔을 논하지 마라
어른들아, 섣불리 춤추지 마라
아직도 배고픈 이에게 옥수수빵을 나누어줄 사람
그 사람들만 슬픔을 논하고 춤을 추어라
아직 축제는 시작도 안 했고
아이들과 어른들은 졸고 있으니
등불을 들고 올 저 멀리의 사람 하나가 올 때까지
오직 시를 노래하며 춤추어라
누구를 흉내내지 말고 오직 너의 힘으로

너를 위해 나를 위해 모두를 위해

시를 노래하고 춤추어라

그녀는 아직도 사족蛇足을 그린다

개천에는 무명화가 핀다

느닷없이 지렁이와 올챙이가 사는 개천가
희망이라곤 눈을 비비고 쳐다봐도 볼 수 없었던
그 개천가가 떠오른다
다시는 눈물 흘리지 않겠노라 다짐하면서
독한 실로 얼굴을
꿰매었지만 쇠똥 같은 눈물이 흐른다
그래, 보리밥을 먹으면서도 눈물은 흐르지 않았다
지금, 나는 쌀밥을 꼭꼭 삼키면서
주먹으로 흐르는 눈물을 닦아낸다
개천에서 용이 나온다는 전설의 고향 따라 많이도
헤매고 헤매었던 날들은 어디로 간 것이냐
늙어가는 마음과 늙어가는 눈과 늙어가는 가슴앓이
누가 말해줄 수 있느냐
누구나 품은 자신만의 개천에서 헤엄치고 있던
그 용을 찾았다고, 누가 좀 대답 좀 해다오
개천에서 헤엄쳤던 올챙이들아
부디 옛날 생각하면서 성인군자로 만나자
지렁이도 없는 개천엔 무명화가 가득 피었구나

4부

고해성사

겨울 한복판 속으로

겨울 한복판 속으로 가봐라
상수리 도토리 나뭇잎이 떨어진 그 속으로
아삭아삭 나뭇잎이 소리를 내는 그 길을
혼자서 걸어보라
짧은 해를 등지고 걷다가 두 손을 펼치면
나도 상수리나무가 된다
햇살 받아 반짝이는 나무 십자가가 된다
추운 겨울 한복판 속에는
철 들지 못하는 아줌마와 해바라기하는 고양이와
수호천사가 되어 맴도는 까치의 노래가 흐른다

졸졸졸졸

햇살이 졸졸졸졸 흘러가는 배다리공원에는
큰부리큰기러기의 오페라가 펼쳐진다
친구가 허깨비에 휩싸여 울고 있다면
그 사람 손을 잡고 배다리공원에 가보자
겨울 공원 비탈길을 오르다보면
햇살사랑에 녹아버린 흰 눈이 얼음이 된다
그 길을 걷다보면 녹아버린 얼음 조각들이
바삭바삭바사삭 고구마튀김 소리를 낸다
볕 좋은 가을날 구렁이가 앉았던
작은 돌무덤에는 겨울 눈이 머물다
흙 속으로 흘러간 흔적이 남아 있고
어느 여인네는 겨울 산에 올라와서
사람으로 다시 자가복제를 한다
산다는 것은 아마도
졸졸졸졸, 구름 따라 바람 따라 사람 따라
머무는 곳 잠시 떠나 흘러갔다 돌아오는 것
아마도 아마도 그렇다
저승길 꽃마차 타고 떠난 낯 모르는 사람들도
졸졸졸졸, 구름 따라 바람 따라 사람 따라
자신이 살았던 그 터전에 한 송이 풀꽃으로 피어난다

그 새다

집 밖 작은 아지트 산에는 그 새가
직박구리가 소나무로 날아온다
어딘가 떠돌다 돌아온 근황을 수다떨곤 날아간다
사람살이나 새살이나 그렇고 그렇구나

집 밖 작은 아지트 산에는
반석이 놓인 건가
잘 생긴 바위가 멋진 모습으로 앉아 있다
저 멀리 보이는 성당 앞에 기도하던
성모님이 날아와 잠시 쉬다 돌아간 자취인가
따스하게 빛이 고여 있는 바위틈에
꽃씨 하나 날아와 겨울잠을 자고 있다

부모라는 명찰을 달았나요?

부모라는 명찰을 달고부터 힘들어요
피와 살과 뼈와 영혼을 나눠준 대가가
생각보다 크다는 것을 밤낮으로 깨닫지요
그러나 철부지 부모가 되지는 말아요
내가 그린 자식사랑 청사진에 맞지 않는다고
내가 그렸을 뿐인 자식 미래 조감도가 빗나갔다고
자식을 원수로 삼아 뱁새눈으로 흘기면 안 되어요
다만, 다만 그래요
내 불타는 심장까지 더 얹어주지 못했음을
내 미래를 더 나누어주지 못했음을
내 꿈과 합치시킨 결과에 다다르지 못했음을
그랬음을, 그냥 그랬음을 인정해버려요
인생은 단순하고 명료하고 그래요 마음먹기에 따라서요
부모가 된 게 뭐 그리 대순가요
어차피 사람으로 태어났으니까요
이 세상에 존재하는 새나 고양이나 강아지나 꽃이나
그 만물에게 이미 부모가 된 걸요
날아가는 철새들처럼 입을 오므릴까봐요
구차스런 얘기들은 이제 버릴까봐요
다음 생에 다시 만난다면 그때 두 손을 맞잡고

서운한 얘기들이든 섭섭한 얘기들이든
다음 생에 만나서 말합시다

가래가 끓어요

나는 원래원래 흔들리는 나뭇잎
오늘도 잠깐 살아가는 막간을 이용해서
매서운 시베리아 바람 따라 흔들렸어요
가래가 끓어요
지나온 시절, 풀어버리지 못한 잠재의식 속
화와 증오와 애정과 성냄과 귀찮음과 게으름이
목 속에 꽉 차서 가래가 끓어요
약국에 가서 약을 사먹어요
그때뿐인 걸요, 당신들도 그렇잖아요
누구나 다 사람으로 살다가 만난 복병들로
가슴 속에 들들 가래가 끓어오르잖아요
그러니 이제 탓을 버리자고요
나의 못난 가래와 너의 못난 가래가 만난 것뿐인 걸요
무얼 그리 부끄럽나요 무얼 그리 괴로운가요
그냥 한번 아무도 몰래 집 안 화장실에서
서러움의 눈물 한 방울과 함께 뱉어버려요
그리고 잊어요
나의 가래를 잊어요 너의 가래도 잊어줄게요
달랑, 그래요 달랑, 그뿐인 걸요 뭐

자취를 남기다

하얗고 눈부신 꽃에서 천국의 향기를 품어내는
태산목, 꽃이 진 나무에 코를 댔어요
내 코가 허황된 냄새까지 맡는 줄 알고 놀라요
꽃 진 자리에 텅 빈 꽃나무에서 향기가 나요
나는 맨 처음 태산목 꽃 향기에 취했던 날을
어지러운 아지랑이처럼 메롱메롱 떠올려요
아, 그래요 자취를 남긴다는 말이에요
꽃이 져도 나무에선 꽃 향기가 나니까요
나는 그럴 수 있을까요
시를 쓴다고 허부적허부적 감정의 늪에
빠진 것만은 아니겠죠
꽃나무도 꽃 진 자리에 향기를 품었는데요
사람인 나는 무엇을 품어야 할까요
사람인 나는 무엇을 남겨야 할까요

아침햇살 눈부신 날

아침햇살 눈부신 날에 빨래를 개요
세월의 누수가 곳곳에 흐르는 마른 빨래
세탁기 속에서 긴 여정을 끝낸
뽀송뽀송 버드나무 마른 잎들의 추억을 담고
빨래는 그렇게 승화된 옷으로 탈바꿈하지요

아침햇살 눈부신 날에 새들이 춤을 춰요
누가 시키지도 않았는데
본능은 그렇게 무서운가봐요
아침햇살에 깃털을 말리며 빨래를 하는 새들
그들에게 빨래 개는 법은 없지요
본능에 따라 입고 있는 그대로가 전부니까요

아침햇살 눈부신 날에 수프를 마셔요
토마토 하나를 입 크기에 맞춰 썰어놓고요
삶은 계란 하나를 수프에 동동동 띄워봐요
두 손을 맞잡고 음식을 위해 기도해요
나를 위해 기도하는 줄 알았는데 아니에요
눈에 보이는 본질의 영속성을 위해 한 거더라고요
누구나 그렇지 않나요

누구를 위해 하고 있다는 말들은 모두 거짓말
꽃도 인간도 동물도 결국엔 자신이에요
그러니 함부로 남을 위한다는 말들은 멈추기로 해요
내가 나를 위해서 오직 나를 위해서 산다,라는 말
정말 근사하지 않은가요
그런 멋지고 근사한 매력적인 그대들을 추앙합니다

밤새 앉아 있던 그대에게

그대는 왜 밤새 집안에 흔들리는 수초가 되어
흐느적흐느적 떠돌다가
밤새 낡은 소파에 앉아 있는 건가요
잠을 잘 수도 없는 그대는 왜인가요
소화조차 어려운 그대는 왜인가요
이제 그만 가슴 속에 있는 엉켜 있는 수풀은 거두어요
배를 띄워 노를 저어요
영혼 속에 감겨 있는 수풀일랑 거두어 말려요
바삭바삭 말린 건초에선 마른 향기가 날 걸요
어느 그윽하고 용기가 차오르는 날
어느 바닷가에 자리를 잡아요
바삭바삭 마른 향이 나는 건초를 태워버려요
그대 마음에 그늘로 남아 있는 수초가 건초가 되어
마른 연기가 되어 저 하늘가
심연을 알 수 없는 그곳으로 나비 연처럼 날려버려요
그러면 그뿐인 걸요 그러면 돼요 그러면 다 된 거랍니다

천사라는 영광패를 달았나요?

그래요, 세상에 존재하는 어떤 박학도사보다
그래요, 방울을 흔들며 미래를 점치는 어떤 무속인보다
그래요, 세상을 이끌고 있는 어떤 종교의 선지자들보다
천사란 사람들은 위대하고 거룩한 보물입니다
천사란 영광패를 달고 박수를 받을 자격이 있으신가요?
천사란 영광패를 달고 양심이란 놈에게 괜찮은가요?
천사는 씨앗입니다
천사는 부모 다음으로 제 2의 부모입니다
천사가 알리는 초성 글자 하나로 인해
이제 막 새싹이 되어버린 어린 영혼들의 미래가
찬란하게 꽃 피울지 암울한 지하세계로 빠져버릴지
그 누가 장담할 수 있을 건가요
오늘 밤 가슴에 두 손을 얹고 가만히 내면을 보세요
천사라는 영광패가 자랑스러우신가요?

자식이라는 꽃패를 달았나요?

나도 자식 노릇해봤다
울 엄마 울 아빠의 훌륭한 자식 노릇,
을 꿈꾸었다, 최선이란 말은 최선의 선택이다
현실에 존재하는 암초의 방해로 내 꿈이
내 희망이 멀어진 줄 알았다
허나, 자식을 낳은 부모가 되어보니 알게 됐다
모든 세상만사는 때를 기다리며 백조의 호숫가로
달려나가 춤을 추고 기다리라는 사실을
이해할 수 없지만 삶이란 괴물이 그렇다

자식이란 꽃패를 단 청춘들아
부모 원망하지 마라
세상 원망하지 마라
누군가 원망의 방패로 삼고 싶다면 굳이
애꿎은 부모가 아니라 너를 탓하라
게으르고 욕심 많은 너를 원망하라
나도 그랬다 나도 지나온 과거의 그 모습이다
큰 꿈을 꾸고 있다면 너를 성찰하라
하늘에 대고 손가락질하는 것은 못난 노릇이다
부모의 마음으로 하늘은 우리를 바라본다

그러니 제발 애원하고 기도한다
지금 이 순간부터 부모를 하늘로 여기는 청춘들은 기필코
하늘의 보살핌으로 큰 뜻을 펼칠 수 있으리라
부모조차 긍휼히 여기지 않는 청춘들을 믿을 수 있으랴

자식이란 꽃패를 단 청춘들아
누군가를 시샘하고 질투하고 이간질하지 마라
애꿎은 누군가에게 앙심 품고 침 뱉지 말라
부모를 사랑한다면 하늘이 보고 있으니 멈추어라
설령 네 부모가 하늘의 뜻도 모르는 백치였어도
이 세상에 존재하는 수많은 지식인들을 부모로 삼아라
백치 아다다 같은 네 부모는 결코 건드리지 마라
무명의 세상 사람들을 은인으로 모신다면
하늘의 보살핌으로 반드시 너도 은인이 될 것이다
바보 천치 백치 같은 세상의 이면은 보지 말아라
저 우주 어딘가에 너에게로 올 자식들을 생각하라
너도 자식이란 꽃패를 달았으니
머지 않아 부모라는 상패를 달 날이 올 것이다

신성불가침 조약神聖不可侵 條約

나에게는 신성불가침 조약이 있었느니라
세상의 안녕과 지속성과 영속성과 영원성을 지키는
그 어떤 것이라도 이것에 방해가 된다면
온몸에 가득 찬 눈물이 쏟아진다 해도 버틸 수 있는
그런 다이아몬드 같은 소중한 아니 그보다 더한
언어의 한계에 부딪쳐 비유를 할 수 없는 것
그것을 지켜야 하느니라

나에게는 신성불가침 조약이 있었느니라
개인의 안일을 위해 함부로 세상을 위협하는
그런 막된 짐승귀신들을 물리쳐버려야 하는 것
세상에 선악의 본질을 구별할 수 없게 만든 것
불경과 성경의 말씀을 모두 방해하는 것
나약한 사람들이 견디고 살 수 있는 힘을 없애는 것
그런 못된 것들은 이 세상에 존재치 않게 하는 것
세상은 영원불변으로 남아야 하는데
그 당위성조차 무시하는 종자들은 사라져야 하느니라

차크라

수백 년을
조상의 조상의 조상
꽃의 꽃의 꽃
여우의 여우의 여우

수백 년을
애증의 애증의 애증
바위의 바위의 바위
하늘의 하늘의 하늘

수백 년을
눈물의 눈물의 연서
고백의 고백의 슬픔
가림막의 가림막의 수호천사

그럼에도 불구하고란 말 참 좋죠

주고도 욕먹었나요
허망한 짓거리 놀음에 놀아났나요
불쌍하다고 여긴 존재들이 얼마나 영악한지
당신은 이미 알고 있었잖아요
그럼에도 불구하고 말이죠
뒤통수에 꽃 필 수 있다고 장담했잖아요

배고파 쓰러진 자에게 떡과 물을 건네 살아났다면
그뿐인 걸 알잖아요
그가 일어나 보따리 찾기를 원했나요
그가 일어나 고맙다고 고개를 360도 돌리기를 원했나요
그게 아닌 것을 알고 있었잖아요

뭐라고요, 아직도 이해가 안 된다고요
당신이나 나나 말귀 못 알아먹는 것은 닮았네요
그럼에도 불구하고 나를 원망한다고요
그럼에도 불구하고 닮았다고 욕을 퍼부었다고요
종이 학을 주고 싶은 것은 찬란한 꿈의 전달이겠죠
빈손에도 불구하고 주고 싶다고 말부터 꺼내어
마음의 신용불량자가 된 것도 마찬가지 아닌가요

그런데, 참 이상도 하죠
나는 그런 허풍선이 같은 순수한 사람들에게, 아직도요
뜨거운 사랑을 가진 헛도깨비들에게 마음이 쓰여요
그럼에도 불구하고요

노을과 나와 오리

노을에 심취한 오리를 본다
뒷모습이 어찌나 장하던지 덜컥 반한다
오리의 눈길을 따라 바라본다
무지개 빛으로 채색해놓은 서쪽 하늘가
오리와 나는 잠깐 동안
찰나의 속도로 마음이 통한 걸 수도 있다
나는 사람이다
오리가 아무리 고독한 아름다움을 풍겨도
사람인 나에게 먹이가 될 수 있다는 진실
그 사실을 눈치챘는지 힐끔힐끔 보는 오리
연못에 반사된 오리와 저녁 노을이 찬란하다
나는 갑자기 고독해진다
그런 나를 바라보는 애달픈 눈빛이 있었으니
열매가 떨어진 텅 빈 산 사과나무에 까치 한 마리
가던 길 가라고 재촉하더니 후다닥 날아간다
수호천사 새 한 마리의 조언에
나와 오리는 저녁노을을 등지고 가던 길 떠난다
속단할 수 없는 삶의 길을 따라간다

고해성사

보슬비처럼 내리는 일월의 하얀 눈 속에
육체와 영혼이 태고의 숨결로 씻기길 바라는
그런 소망을 위해 기도합니다
그뿐입니다
하늘의 촘촘함이 사람의 오만 가지 마음을
이해할 날이 오기를 간절히 기도합니다
그뿐입니다
어리석고 나약한 사람으로 태어나
은혜를 베푼 이에게 어리석은 돌도끼를 던졌다 해도
하늘만은 이해와 용서를 바라는 기도를 합니다
그뿐입니다
같은 사람의 껍데기를 입고 태어나 살면서
알맹이만을 추구하고 싶은 욕심을
버리지 못한 나약함을 참회합니다
그뿐입니다
이 짧은 생애에 서로에게 그늘막이 되지 못했음을
진실로 진실로 사죄합니다
그뿐입니다
내 마음과 남의 마음을 동일시하여 시로 썼음을
진실로 진실로 축복합니다

예언과 기도 사이, '유희遊戲'로서의 시
― 문제희 시인의 시적 지향

백인덕/ 시인

1

인류의 기원지라는 동아프리카의 광대한 사바나를 상상하다 끝내 비극적인 생각이 떠오른다. 사바나 사자 왕국에서 수사자의 길고 풍성한 갈기는 유전적으로 가장 우월한 개체임을 시각적으로 드러내는 표지다. 그러나 그 때문에 밀렵꾼의 첫 번째 목표가 된다. 코뿔소의 뿔, 코끼리의 상아, 천산갑의 비늘, 악어의 질긴 가죽, 코브라의 맹독 등 어떤 존재는 자기의 가장 도드라진 특징 때문에 가장 큰 위험에 직면해 있다.

인간은 어떤가, 우리 種의 특성은 유전자부터 상상력까지 폭넓고 다양한 층위에서 정의될 수 있다. 그 중에서 언어 능력은 변별성이 가장 크다. 개인에서 집단으로, 물질에서 정신으로, 과거에서 미래로 활동 영역과 능력을 끝없이 재조정했기 때문이다. 바로 그 때문에 내부 붕괴의 가장 큰 위험 요소가 되었다.

문제희 시인의 두 번째 시집『어느 예언자의 고독』은 다양한 주제와 표현 형식을 보여주고 있다. 하지만 주목할 점은 '말' 특히 '접촉'이나 '코드code'가 어긋나 의미 전달에 실패할 때, 이를 극복 가능한 '발화' 형식을 실험하는 데 집중한다는 것이다.

달콤한 흑당 버블티를 마신다
펄 하나가 카페 천장으로 날아가 낮별로 뜨고
벌컥벌컥 마시는 시원한 음료수가
작은 폭포수를 열어놓는 오후
오후의 몽롱한 행복도 잠시
사람들 사이에 말장난이 비수가 되어
날아다니는 버블티의 펄 하나를 찌른다
그 펄은 목구멍에 가시가 되어 걸리고
우리 곁에 머무는 모든 것들은 어쩌자고
한번씩 서로에게 비수가 되어 꽂히는가
숨을 쉰다고 사는 게 아닌 이 삶
아무도 모르는 이 짧은 서러운 삶 앞에서
비수를 품어도 되는 것인가
눈을 감고 뜨는 찰나에 산화될지 모르는
아찔한 한 줌 먼지들이여

—「비수가 꽂히다」 전문

특별히 새롭거나 위험하지 않은 현대인의 일상이 잔잔히

펼쳐지다가 "사람들 사이에 말장난이 비수가 되어/ 날아다니는 버블티의 펄 하나를 찌"르면서 "오후의 몽롱한 행복"은 갑자기 "숨을 쉰다고 사는 게 아닌 이 삶"이라는 처연한 현실의 나락으로 떨어진다. '찰나'는 이 추락의 느닷없음을 강조하고 '비수'는 충격이나 아픔의 강도를 상징으로 보여준다.

이 사건의 핵심에는 '말'이 있다. 일반적으로 사적 대화라고 이해할 수 있지만 "사람들 사이에 말장난"이란 표현에서 유추하면 접촉을 통한 '커뮤니케이션communication'이 형성되었음을 알 수 있다. 커뮤니케이션의 개념은 멀리 아리스토텔레스까지 이어지지만, 현재 개념은 대중매체mass media의 확립 이후에 형성된 것이다. 여기서 'com'은 '모두, 함께'라는 뜻이고 'cation'은 원래 'care(돌봄)'와 'share(나눔)'의 뜻을 동시에 내포했다. 즉, 커뮤니케이션이란 말을 통해 서로의 소유(지적 성취)를 나누고 마음을 돌보는 행위였다.

하지만 일방적으로 쏟아내기만 하는 대중매체의 말의 폭포수에 수없이 세례받으면서 "우리 곁에 머무는 모든 것들은 어쩌자고/ 한번씩 서로에게 비수가 되어 꽂히"나라는 의문 앞에서 시인은 자신의 발화를 '예언'과 '기도'와 '고백' 같은 형식으로 제한하면서 의미를 확대하고자 기도企圖한다.

    모두 알맹이를 꿈꾸는 철없는 껍데기시대
    나는 굳이 껍데기로 남을까 하오이다
    나 하나쯤 알맹이를 감싸주는 껍데기가 된다고

손해난다는 생각은 하지 않소이다
서로를 손가락질하는 슬픈 시대
나는 굳이 실눈을 뜨고라도 눈동자를 지키는
볼 수 없는 눈꺼풀이 되겠소이다
예언자들이 무더기로 꽃 피는 이 시대상
나는 억만 개의 글자로 춤을 추는 시가 되겠소이다

—「어느 예언자의 고독」 전문

한 개인은 '천상천하유아독존'(「식구食口야, 사랑해」)인 대체 불가의 존재다. 하지만 그 존재가 완전무결하거나 영원히 지속하는 것은 아니다. 그의 독자성은 자기 한계를 자각하면서 타자에 의해 보증되고 인정을 통해 확인된다. 시인은 이 인정투쟁의 극한을 "모두 알맹이를 꿈꾸는 철없는 껍데기시대"라고 진단한다. 이 진단은 껍데기가 되지 않기 위해 "서로를 손가락질하는 슬픈" 양상이 자연스럽게 받아들여지는 시대라는 인식에 이르고 그래서 시인은 "나는 굳이 실눈을 뜨고라도 눈동자를 지키는/ 볼 수 없는 눈꺼풀이 되겠소"라는 결론에 도달한다.

시인에게 있어서 '예언자'는 결코 '몽상가'에 머물 수 없다는 자기 정위定位의 결과다. "사람이 나비로 변신했을까/ 나비가 사람으로 환생했을까/ 아니면 나비와 사람이 한 몸인 걸까"(「몽상가의 관념觀念」)라는 상상 속에서 분별을 생각하는 것은 그저 관념(환각)의 작용일 뿐이다. 하지만 예언은 관념이 아니라 존재의 근거에서 솟구친다.

문제희 시인은 '알맹이-껍데기'의 수준을 지나 '눈동자-눈꺼풀'의 경지를 드러낸다. 예언은 노스트라다무스처럼 영감이나 계시에 의한 '예견prophecy'과 기독교 구약성서의 엘리야처럼 '징후symptom'를 해석하는 것으로 나뉜다. 시인은 후자에 가깝게 "예언자들이 무더기로 꽃피는 이 시대"의 징후를 '알맹이-껍데기' 같은 도식으로 읽어낸다. 하지만 여기서 멈추지 않고, "나는 억만 개의 글자로 춤을 추는 시가 되겠소이다"라고 선언한다. 이 선언이 이번 시집이 내포한 진정한 주제라 해도 과언이 아닐 것이다.

2

지난 세기말, 차가운 이념 대립의 자리에 들끓는 '무의식과 욕망'이 밀고 들어왔을 때 재부각되었던 개념 중에 호모루덴스homo ludens가 있다. '노는 인간' 또는 '놀이하는 인간'을 뜻하는 라틴어로 요한 하위징아는 1938년에 출간한 같은 제목의 책에서 놀이는 문화의 한 요소가 아니라 문화 그자체가 놀이의 성격을 가지고 있다고 역설했다.

이전까지 문화는 이성을 통해 계몽을 실천하는 '장field'이거나 호모 사피엔스homo sapiens라는 인간종을 진화론적으로 규정하는 '틀frame'이었다. 인간은 마땅히 훈육되어 주어진 노동에 충실히 복무하는 존재여야만 했다. 주지의 사실이지만, 세기가 바뀌면서 '노동과 놀이'의 개념은 경계가 불분명해졌고, 심지어 '노동과 여가leisure'는 구분조차 불가능해졌다. 물론 이 모든 변화는 소비자본주의라는 체제에 의

한 것이지, 엄밀하게 개인의 문제는 아닐 수도 있다.

　문제희 시인은 「시인의 말」에서 "세상 만물이 어느 날 시詩로 느껴지더군요. 향기로운 꽃, 영특해 보이는 고양이 새들 강아지들, 바람 따라 춤추는 나무들 구름들, 아름다운 사람들, 모두 한 편의 시詩로 다가왔습니다. 그래요, 나는 하루하루 삶을 시로 씁니다. 기쁘면 기쁜 대로 슬프면 슬픈 대로, 마치 일기처럼 씁니다"라고 시작詩作 자세를 밝혔다. 여기서 유추하게 되는 게 일종의 '유희정신'인데, 한 편의 작품을 무거운 의미를 실어날라야 하는 수단이나 경로로 보지 않고 언표, 혹은 기록하는 방식에서 '놀이'의 요소를 찾는 것이다.

　　양쪽 볼에 빵빵하게 다이아몬드 실을 넣어

　　천 년 만 년을 소녀처럼 살고 싶은 아줌마가 되었다,요

　　왜 그런지는 묻지 말아라,요

　　가슴속까지 시베리아 찬바람이 불어오던 날

　　어쩔 수 없이 그랬다는 진실만 알아다오,요

　　진실,이란 말을 써놓고,요

　　느닷없이 그 글자에 다이아몬드 실 리프팅을 하고

　　영원이란 삶 앞에 무릎 꿇고 싶어졌다,요

　　쭈글쭈글 호박탱이가 된다고 그 누구도

　　애석해하거나 눈물 한 방울 흘려줄 이 없다,요

　　어차피 인생은 내가 잡은 터잡이만큼

　　그렇게 살아가는 게 순리라고 입 속에 말들을

　　검은 실타래로 길게 길게 끄집어낸다,요

나는 그런 허무한 실타래는 정말 싫다, 요

나는 오색 빛 빛나는 프리즘으로

하루 종일 반짝반짝 빛나고 싶은 마음이다, 요

그리하니 그런 줄 알고

고이고이 놀다가 햇빛 따사로운 어느 날

나비가 되어 나풀나풀 나에게 날아오라, 요

—「그리운 실타래」 전문

    비감까지는 아니더라도 처연해질 수밖에 없다. 작품의 표면만 보면 "천 년 만 년을 소녀처럼 살고 싶은 아줌마가 되었다"가 "어차피 인생은 내가 잡은 터잡이만큼/ 그렇게 살다가는 게 순리"라고 수긍하고 있기 때문이다. 그 와중에 "쭈글쭈글 호박탱이가 된다고 그 누구도/ 애석해하거나 눈물 한 방울 흘려줄 이 없다"는 사실을 잘 알지만 "나는 그런 허무한 실타래는 정말 싫다"라고 외칠 수밖에 없다. 이 작품은 '진실', '영원'. '인생', '순리'처럼 무거운 의미를 바탕에 두고 있지만, 서술을 마감하는 형식 '~다'에 비문 요소인 '요'를 첨가하는 방법을 적극적으로 활용해 앞에 열거한 의미들의 시대적 가치를 다시 생각해보는 계기를 형성한다.

    시에서 '유희'하면 '언어유희', 즉 '펀pun'을 생각하기 쉽다. 가령, 이번 시집에서 「열기, 오롯이 열기」, 「그럼에도 불구하고란 말 참 좋죠」나 '꽃패', '영광패', '명찰' 등을 통해 이해할 수 있다. 한 단어가 가진 뜻보다 크거나 작게 하면 낯선 효과가 발생한다. 시인은 일기처럼 쓰는 '시'를 변주하려 하지만 이미 정리된 발화 형식에 따라 내용은 자연스레 간절해진다.

> 잃어버린 입을 찾는 아침
>
> 겨울 새벽은 그렇다
>
> 어딘가로 떠나버린 식구들의 입
>
> 그 입이 예쁘든 못났든 간절하다
>
> 그 입에 들어갈 안위가 걱정된다
>
> 식구는 그런 법이거늘
>
> 누가 그런 입들에게 돌멩이를 던졌을까
>
> 나는 오늘도 새벽 댓바람에
>
> 나의 입을 잊어버린 식구들에게
>
> 또는 어디선가 나처럼 외로워하는 입들에게
>
> 천상천하유아독존의 힘을 빌려서라도
>
> 달콤하고 아름다운 쌀 한 톨과 소금 한 톨을
>
> 아무도 몰래 건네주련다
>
> ─「식구食口야, 사랑해」전문

　기도의 형식 중에 '고해성사'를 알지 못하지만, 인용 작품은 기록보다 고백에 가까운 진정한 기도의 내용이라 할 수 있다. 결국, '식구食口'가 기본 단위이고 "달콤하고 아름다운 쌀 한 톨과 소금 한 톨을/ 아무도 몰래 건네주"는 것이 출발 지점이다. 물론 시인은 「부모님 전 상서」에서 "자식 낳은 죄인이란 업보로 예쁘게 보아주실 건가요/ 부모님의 고운 마음 물려받아 내 자식들에게도/두 눈 꼭 감고 감싸주겠"다 라는 결기를 밝히고 대를 잇는 이 지점에서 기도의 발화 형식을 스스로 갖춘다.

3

시집을 읽다가 느닷없이 소스라치는 경우가 있다. 가령 이번 시집의 경우, 「대파 꽃향기」가 그것이다. "대파가 익어 꽃이 핀 저녁/ 어느 집 담벼락 풍경이다/ 누군가의 집은 어둠에 잠들어가지만/ 대파 꽃은 소리 없이 핀다"라는 존재의 풍경을 보여준다. 그렇지 않은가? 이 세상의 존재는 누굴 위해 존재하는 것 이전에 제 존재의 충만을 위해 최선을 다한다. 그 결과 놀랍게도 다른 존재도 빛나게 되는 결과가 주어지는 것이다.

도서관 벽면에 에티오피아 수선하는 남자의 사진이
걸려 있다 검은 피부에 검은 눈빛에 재봉틀을 밟고 있는
그 남자의 눈빛에 한동안 멈춰 있었다
문득, 아주 잠깐 동안
지나온 삶을 반추한다
걸어온 걸음마다 찢어지고 얼룩덜룩 실밥 터진 그곳을
에티오피아 남자의 재봉틀로 수선할 수 있을까
반짝반짝 수선할 수 있다면
내 삶은
타인들의 삶은
그대의 삶은

다시 온전히 살아날 수 있을까

어디선가 날아오는 저 새들처럼 말이다

저 날개를 달고 저 미지의 향기를 풍기며

저 황홀한 눈빛과 날갯짓을 하면서

저 높은 참나무 제일 높은 꼭대기 하늘과 맞닿은 곳에

그곳에 둥지를 틀고 알콩달콩 다시 살아갈 수 있을까

희망을 꿈꾸는 그대들을 위하여

나는 에티오피아 그 남자의 재봉틀을 빌려오고 싶다

―「그 남자의 재봉틀」전문

시인은 이 작품에서 잠깐 시제를 흔든다. "도서관 벽면에 에티오피아 수선하는 남자의 사진"을 보고 "걸어온 걸음마다 찢어지고 얼룩덜룩 실밥 터진 그곳을" 수선할 수 있을까 생각하다 "희망을 꿈꾸는 그대들을 위하여/ 나는 에티오피아 그 남자의 재봉틀을 빌려오고 싶다"라고 끝맺는다. 시인은 말없이 인정하고 자취를 감춘다. "내 삶은"이 먼저였으나 "희망을 꿈꾸는 그대들"을 겨냥한 작품들이 이번 시집을 활달하게 한다. 사실 "내 삶은/ 타인들의 삶은/ 그대의 삶은"은 부르는 이름만 다를 뿐 같은 의미였다.

시인에게 '새'는 미지를 전달하는 메신저이자 어제의 안녕을 재확인하는 상징이다. 가령 「대숲에 부는 바람」의 '까치'거나 「그 새다」의 '직박구리'가 그렇다. 이 작품에선 "저 미지의 향기를 풍기며/ 저 황홀한 눈빛과 날갯짓을 하"는 것으로 드러난다. '새'를 일종의 정념이나 희망의 메신저로 사용하는 것은 시가 기원과 닿았으면서 동시에 새로운 의미를 획득하기 위한 곤란에 겪는다는 것에 대한 표지다.

돈의 힘은 그다지 믿지 않고 살았다
돈은 돈일 뿐
지갑에 있는 천 원의 힘이 돈이라고
도시락 대신에 옥수수빵 하나를
밥맛 없는 척 사먹던 학창시절에 알았다
줄줄이 사탕으로 태어난 강아지들
그 입에 들어갈 옥수수빵 하나
당신의 운명에 맞설 만한 위력을 가진 식사시간
배고픈 고독에 울부짖을 강아지들을 위해
새벽부터 잠을 설치고
누구에게 구원救援받을까 맘 졸이던 어르신들
아이들아, 섣불리 슬픔을 논하지 마라
어른들아, 섣불리 춤추지 마라
아직도 배고픈 이에게 옥수수빵을 나누어줄 사람
그 사람들만 슬픔을 논하고 춤을 추어라
아직 축제는 시작도 안 했고
아이들과 어른들은 졸고 있으니
등불을 들고 올 저 멀리의 사람 하나가 올 때까지
오직 시를 노래하며 춤추어라
누구를 흉내내지 말고 오직 너의 힘으로
너를 위해 나를 위해 모두를 위해
시를 노래하고 춤추어라

그녀는 아직도 사족蛇足을 그린다

　　　　　　　　　　　　　　　—「시를 노래하고 춤추어라」전문

　　인용 작품은 변형된 '고백시confessional poetry'의 한 형태로 볼 수도 있다. 자신의 과거 중에서 아팠거나 약점이었던 부분, "지갑에 있는 천 원의 힘이 돈이라고/ 도시락 대신에 옥수수빵 하나를/ 밥맛 없는 척 사먹던 학창시절"을 약하거나 부끄러운 기억으로 되살리는 것이 아니라 솔직하게 드러냄으로써 아무렇지도 않은 일종의 결기로 형상화한다.

　　시인의 현재는 "내 일은 언어를 쓸고 닦는 일, 누구도 알아주지 않지만/ 손가락 마디마다 관절통이 생길 만큼 움직였지만/ 내 생애 반세기가 넘어가요 다른 일들은 내 성격에/ 이쯤에서 때려친다고 난리법석을 쳤을 텐데요/ 나는 여전히 밤을 지새우기도 하고요 멀뚱멀뚱 시상에 빠져/ 녹두콩 작은 돌 고르듯 실감나게 앉아 있"(「바쁜 사람들」)는 상황이다. 많은 시인들이 자기 연민이라는 한계에 허우적대는 즈음, 문제희 시인은 "누구를 흉내내지 말고 오직 너의 힘으로/ 너를 위해 나를 위해 모두를 위해/ 시를 노래하고 춤추어라"라고 하셨으니 그 말을 듣지 아니할 까닭이 없다.

어느 예언자의 고독

지은이_ 문제희
펴낸이_ 조현석
펴낸곳_ 북인
디자인_ 푸른영토

1판 1쇄_ 2024년 03월 14일
출판등록번호_ 313 - 2004 - 000111
주소_ 121 - 842 서울 마포구 서교동 460 - 34, 501호
전화_ 02 - 323 - 7767
팩스_ 02 - 323 - 7845

ISBN 979-11-6512-089-4   03810
ⓒ문제희, 2024

책값은 뒤표지에 있습니다.
저자와 협의 아래 인지를 생략합니다.

이 책은 2023 하반기 예술인복지재단 창작지원금으로 발간되었습니다.

이 책의 글과 그림에 관한 저작권은 저자와 출판사에 있습니다.
저자 허락과 출판사 동의 없이 내용의 일부를 인용, 발췌를 금합니다.